El Acantilado, 504
PERSÉFONE

YANNIS RITSOS

PERSÉFONE

TRADUCCIÓN DEL GRIEGO
DE SELMA ANCIRA

BARCELONA 2025 · ACANTILADO

TÍTULO ORIGINAL *Περσεφόνη*

Publicado por
ACANTILADO
Quaderns Crema, S. A.

Muntaner, 462 - 08006 Barcelona
Tel. 934 144 906
correo@acantilado.es
www.acantilado.es

© de la traducción, 2025 by Selma Ancira Berny
© de esta edición, 2025 by Quaderns Crema, S. A.

Derechos exclusivos de esta traducción:
Quaderns Crema, S. A.

En la cubierta, fotografía de Selma Ancira

ISBN: 978-84-19958-78-5
DEPÓSITO LEGAL: B. 8400-2025

AIGUADEVIDRE *Gráfica*
QUADERNS CREMA *Composición*
ROMANYÀ-VALLS *Impresión y encuadernación*

PRIMERA EDICIÓN *mayo de 2025*

ΠΕΡΣΕΦΟΝΗ

PERSÉFONE

Ἔχει γυρίσει, ὅπως κάθε καλοκαίρι, ἀπ' τὴν ξένη σκοτεινὴ χώρα, στὸ μεγάλο, ἐξοχικό, πατρικό της σπίτι, – πολὺ ὠχρή, σὰν κουρασμένη ἀπ' τὸ ταξίδι, σὰν ἄρρωστη ἀπ' τὴ μεγάλη διαφορὰ κλίματος, φωτός, θερμότητας. Σὰν ἕνα στρῶμα προφυλακτικῆς σκιᾶς σκεπάζει ἀκόμα τὸ πρόσωπό της καὶ τὰ χέρια της. Μένει ξαπλωμένη στὸν παλιὸ καναπέ, σ' ἕνα εὐρύχωρο, φρεσκοασβεστωμένο δωμάτιο, στὸ πάνω πάτωμα, μὲ κλεισμένα τὰ παντζούρια στὰ τρία παράθυρα καὶ στὴν μπαλκονόπορτα. Ὡστόσο ἡ ἀντηλιὰ φωτίζει ἔντονα τοὺς τοίχους μὲ τρεμάμενα ραβδωτὰ φέγγη. Στὸ πάτωμα, ἕνα σωρὸ πανέρια, γεμάτα ἀγριολούλουδα, ὅμοια μ' ἐκεῖνα ποὺ δὲν εἶχε προφτάσει νὰ πάρει μαζί της, τότε, στὸ πρῶτο ξαφνικὸ ταξίδι της. Φαίνεται πὼς, πρὶν ἀπό λίγο, τῆς τάχαν φέρει οἱ φιλενάδες της γιὰ τὰ καλωσορίσματα. Τώρα, μένει κοντά της μονάχα μιὰ νέα μὲ ἀνάλαφρο κυανό φόρεμα, μὲ κυανή ταινία στὰ μαλλιά, σὰ νᾶναι ἡ πιὸ πιστή, ἡ θυσιασμένη της φίλη, ἡ ὑδάτινη Κυάνη. Πλάϊ στὸν καναπέ, πάνω σὲ μιὰ καρέκλα, ἕνα πιάτο μὲ δροσερὸ νερό. Ἡ φίλη της, κάθε τόσο, βρέχει ἐκεῖ ἕνα βατιστένιο, κεντητὸ μαντιλάκι, τὸ στύβει καὶ τὸ ἀποθέτει χαμηλὰ στὸ μέτωπο τῆς ταξιδιώτισσας, κρύβοντάς της τὰ φρύδια. Πότε-πότε, καμμιὰ σταγόνα κυλάει λοξὰ στὸ μάγουλό της, νοτίζει τὸ φαρδὺ πολύχρωμο μαξιλάρι, – κάπως σὰ νὰ κλαίει μὲ ξένα δάκρυα. Καὶ τὰ μαλλιά της εἶναι λίγο βρεγμένα. Ἔξω, μόλις ἀκούγεται ἡ θάλασσα – γαλήνια, λάδι –

(Ha vuelto, como cada verano, del país ajeno y oscuro a la grande casa paterna de la campaña. Muy pálida, como cansada por el viaje, como enferma por la enorme diferencia de clima, de luz, de temple. Como si una capa de sombra protectora le cubriese todavía el rostro y las manos. Está recostada sobre el viejo sofá, en una estancia espaciosa y recién encalada, en la planta de arriba, con los porticones de las tres ventanas y de la puerta del balcón cerrados. No obstante, el resol ilumina intensamente las paredes con destellos trémulos y estriados. En el suelo, un montón de cestas repletas de flores silvestres, semejantes a las que no alcanzó a llevar con ella entonces, en el momento de su primer viaje inesperado. Parece que hace poco se las hubieran traído sus amigas en señal de bienvenida. Ahora no queda junto a ella sino una joven con un vaporoso vestido azul, una cinta azul en los cabellos, como si fuera su amiga más fiel, la sacrificada, la azulada náyade Cíane. Al lado del sofá, encima de una silla, un plato con agua fresca. Su amiga moja en él, constantemente, un pañuelito de batista, bordado, lo escurre y lo apoya en la parte baja de la frente de la viajera, cubriéndole las cejas. De tanto en tanto una gota rueda al sesgo por la mejilla, humedece el cojín grande, polícromo – como si llorara con lágrimas ajenas. También sus cabellos están un poco húmedos. Afuera, a duras penas se oye el mar – sereno, apacible – y a veces la voz

7

καὶ κάποτε ἡ φωνή κάποιου κολυμβητῆ. Ἡ ἀντηλιά
τότε δυναμώνει στὸ δωμάτιο. Μιλάει ἡ ταξιδιώτισσα):

Ἀλήθεια σοῦ λέω, – εἴμουν καλὰ ἐκεῖ πέρα.
    Συνήθισα. Ἐδῶ δὲν ἀντέχω·
εἶναι πολὺ τὸ φῶς –μ' ἀρρωσταίνει– ἀπογυμνωτικό,
    ἀπροσπέλαστο·
ὅλα τὰ δείχνει καὶ τὰ κρύβει· ἀλλάζει κάθε τόσο –
    δὲν προφταίνεις· ἀλλάζεις·
αἰσθάνεσαι τὸ χρόνο ποὺ φεύγει – μιὰ ἀτέλειωτη,
    κουραστικὴ μετακίνηση·
σπάζουν τὰ γυαλικὰ στὴ μετακόμιση, μένουν στὸ
    δρόμο, ἀστράφτουν·
ἄλλοι πηδοῦν στὴ στεριά, ἄλλοι ἀνεβαίνουν στὰ
    πλοῖα· – ὅπως τότε,
ἔρχονταν, φεύγαν οἱ ἐπισκέπτες μας, ἔρχονταν
    ἄλλοι·
μέναν γιὰ λίγο στοὺς διαδρόμους οἱ μεγάλες
    βαλίτσες τους –
μιὰ ξένη μυρωδιά, ξένες χῶρες, ξένα ὀνόματα, – τὸ
    σπίτι
δὲ μᾶς ἀνῆκε· – εἶταν κι αὐτὸ μιὰ βαλίτσα μ'
    ἐσώρουχα καινούργια, ἄγνωστά μας –
μποροῦσε κάποιος νὰ τὴν πάρει ἀπ' τὸ πέτσινο
    χερούλι καὶ νὰ φύγει.

Ἐκεῖνο τὸν καιρό, χαιρόμασταν βέβαια. Μιὰ
    κίνηση τότε
ἔμοιαζε κάπως σὰν ἀνέβασμα· – κάτι ἔρχονταν
    πάντα·

de algún bañista. El resol entonces se intensifica en la
estancia. Habla la viajera):

En serio, te lo aseguro, estaba yo bien allá. Me he
    acostumbrado. Aquí no aguanto;
hay demasiada luz – me enferma – es desnudadora,
    es impenetrable,
todo lo exhibe y todo lo oculta; cambia sin cesar – no
    llegas; cambias;
sientes el tiempo que huye – un desplazamiento
    incesante, extenuante;
los objetos de cristal se rompen en el traslado, se
    quedan en el camino, brillan;
hay quien salta a la tierra, hay quien se sube a los
    barcos – como entonces,
llegaban, se iban nuestros invitados, llegaban
    otros;
sus grandes maletas permanecían un tiempo en
    nuestros corredores –
olores ajenos, países ajenos, nombres ajenos – la
    casa
no nos pertenecía; también ella era una maleta con
    ropa interior nueva, desconocida –
cualquiera podría tomarla por el asa de cuero y
    partir.

En aquel tiempo éramos felices, claro. Un
    movimiento entonces
parecía de algún modo una ascensión; siempre
    ocurría algo;

καὶ μ' ὅλο ποὺ καὶ τότε φοβόμασταν πὼς θἄφευγε,
    δὲν ξέραμε ἀκόμη
τὸ κρυφὸ πήδημα τοῦ πλοίου ἀπ' τ' ἄλλο μέρος τοῦ
    ὁρίζοντα
ἢ τοῦ χελιδονιοῦ καὶ τῆς ἀγριόχηνας ἀπ' τ' ἄλλο
    μέρος τοῦ λόφου.

Ἐπάνω στὸ τραπέζι ἀστράφταν τὰ ποτήρια, τὰ
    πιάτα, τὰ πιρούνια
χρυσὰ καὶ γαλάζια ἀπ' τὴν ἀνταύγεια τῆς
    θάλασσας. Τὸ τραπεζομάντιλο
ἄσπρο, καλοσιδερωμένο, εἶταν μιὰ λάμψη ἐπίπεδη·
    δὲν εἶχε
διόλου ἐσοχὲς νὰ καταφεύγουν ἄλλα νοήματα,
    ἄλλες εἰκασίες. Τώρα
τοῦτο τὸ φῶς ἀβάσταχτο, – παραμορφώνει τὰ
    πάντα, τὰ δείχνει
μέσα στὴν παραμόρφωσή τους· κ' ἡ φωνή τῆς
    θάλασσας
κουραστική, μ' ἐκεῖνο τὸ ἀσταθές της ἀπέραντο, τὰ
    φευγαλέα χρώματά της,
μὲ τὶς ἐναλλασσόμενες διαθέσεις της. Κι αὐτοὶ οἱ
    ἀνόητοι βαρκάρηδες
μὲ τὰ βρακιά τους ἀνασκουμπωμένα, μουσκεμένα,
    σ' ἐξοργίζουν·
χώρια οἱ κολυμβητές, σὰν καρβουνιάρηδες,
    πασαλειμμένοι μὲ ἄμμο,
γελώντας, φωνασκώντας (χαρούμενοι τάχα) μόνο
    γιὰ νὰ τοὺς ἀκούσουν
σὰ νὰ μὴν ἐπαρκοῦν στὸν ἑαυτό τους.

y aunque también entonces temiéramos que pudiera
    irse, aún no conocíamos
el salto imperceptible de la nave desde el otro lado
    del horizonte,
o el de la golondrina y la oca silvestre desde el otro
    lado de la colina.

Encima de la mesa brillaban las copas, los platos, los
    tenedores
dorados y azules por el reflejo del mar.
    El mantel
blanco, bien planchado, era un destello llano; carecía
    de
pliegues donde pudieran refugiarse otras nociones,
    otras conjeturas. Ahora
esta luz insoportable – todo lo deforma, todo lo
    exhibe
en su deformidad; y la voz del
    mar
extenuante, con esa su infinitud inconstante, con sus
    colores fugaces,
con sus humores cambiantes. Y los barqueros
    estúpidos
con sus pantalones remangados, empapados, te
    exasperan;
por no hablar de los bañistas que parecen
    carboneros, empanizados de arena,
riendo, vociferando (simulando alegría) sólo para ser
    oídos
como si no se bastaran a sí mismos.

                                        Κεῖ πέρα,
κανείς δὲν πέφτει στὸ νερό· κανείς δὲ φωνάζει. Τὰ
    τρία ποτάμια,
σταχτιά, ἀκατάδεχτα, καθὼς συρρέουν τριγύρω
    στὸ μεγάλο βράχο,
ἔχουν ὁλότελα ἄλλο θόρυβο –ἰσχυρό,
    ὁμοιόμορφο–
ἐκεῖνον τὸν ἀκίνητο θόρυβο τῆς αἰώνιας ῥοῆς· – τὸν
    συνηθίζεις·
σχεδὸν δὲν τὸν ἀκοῦς.

    Ὅταν πρωτὄρθε στὸ σπίτι ὁ ἀδελφὸς τῆς μητέρας
εἶχε κάτι σταχτί, σὰν αὐτὰ τὰ ποτάμια. Ξαφνικὰ
    εἶχε ἀρρωστήσει.
Τὸν βάλαν στὸ μεγάλο κρεββάτι· τοῦ πῆραν
    βεντοῦζες (θαρρῶ εἶχε κρυώσει
ἀπ' τὸ μεγάλο φῶς κι ἀπ' τὴ ζέστη) · – θυμᾶμαι τὶς
    πλάτες του
μελαχροινές, φαρδειές, δυνατές, σὰ χλοϊσμένο
    λιβάδι. Φοβόμουν
μὴν πάρει φωτιὰ τὸ τρίχωμά του, – τόσο σιμὰ τὸ
    σπαρματσέτο,
ἄσπρο τὸ σπαρματσέτο στὸ ἀσημένιο κηροπήγιο.
    Μετὰ τὸ ἀκούμπησαν
στὸ μάρμαρο τοῦ νιπτῆρα. Τὸ δωμάτιο μύριζε
    καμένο μπαμπάκι.
Τὰ ροῦχα του, ἀκόμη ζεστά, ριγμένα στὴν καρέκλα.
    Κοιτοῦσα
τὸ σπαρματσέτο νὰ στάζει μεγάλες σταγόνες στὸ
    μάρμαρο.

                        12

                                                        Allá,
nadie se echa al agua, nadie grita. Los tres
        ríos,
plomizos, arrogantes, cuando confluyen en torno a la
        gran roca
hacen un ruido totalmente distinto – potente,
        uniforme –
aquel ruido inmóvil del flujo eterno – te
        acostumbras;
casi no lo oyes.

    Cuando el hermano de mi madre llegó por primera
        vez a la casa
había en él algo plomizo, como aquellos ríos.
        Enfermó de repente.
Lo pusieron en la cama grande; le aplicaron ventosas
        (supongo que se había resfriado
por la mucha luz y el calor); recuerdo su
        espalda
morena, ancha, fuerte, como una pradera herbosa.
        Temía
que el vello fuera a incendiársele – la vela estaba tan
        cerca,
tan blanca la vela en el candelero plateado. Después
        la dejaron
sobre el mármol del lavabo. La alcoba olía a borra
        quemada.
Su ropa, todavía tibia, tirada en la silla. Miraba
la vela chorrear grandes gotas sobre el
        mármol.

ἔπιασε τὴ ματιά μου. Ντράπηκα. Ἤθελα νὰ φύγω.
Δὲν μποροῦσα.
Εἶχε γυρίσει ἀνάσκελα· εἶχε κατεβάσει τὴ φανέλα
    του·
καὶ μ' ὅλο ποὺ τὸ στῆθος του εἶταν σκοτεινό, κ' ἡ
    φανέλα του κάτασπρη,
εἶχες ὡστόσο τὴν ἐντύπωση πὼς μιὰ κατάμαυρη
    κουρτίνα
εἶχε σκεπάσει κάτι πολὺ φωτεινὸ κ' ἐπικίνδυνο.
    Ἔτσι, τότε,
ὁ θεῖος, μὲ τὸ σεντόνι ἀνεβασμένο ὣς πάνω στὸ
    πηγούνι,
χαμογελοῦσε ὡραῖα μὲς ἀπ' τὸν πυρετό του. Κάτω
    ἀπ' τὸ σεντόνι
ξεχώριζαν τὰ δυνατά του πόδια ὣς τὴ ρίζα. Βγῆκα
    ἀπ' τὸ δωμάτιο.
Δὲν τὸν ξανάδα ὅσο ἔμεινε· γυρνοῦσα στοὺς
    ἀγρούς.

                              Τρεῖς μῆνες ἀργότερα
ἔστειλε στὴ μητέρα, ἀπὸ μιὰ ξένη χώρα, ἕνα σωρὸ
    παλιά του ροῦχα
γιὰ τοὺς φτωχούς. Ἀμέσως ἀναγνώρισα τὸ σῶμα
    του. Ἕνα παντελόνι
τὸ ἀφῆσαν ἀρκετὲς ἡμέρες στὴν κρεμάστρα τοῦ
    διαδρόμου. Τὸ κοιτοῦσα
ὧρες ὁλόκληρες, τ' ἄγγιζα μὲ τὰ χέρια μου·
    σκεφτόμουν νὰ τὸ κλέψω,
νὰ τὸ κρύψω κάτω ἀπ' τὸ στρῶμα μου, νὰ τὸ
    φορέσω. Φοβόμουν. Μιὰ μέρα,

14

El tío
sorprendió mi mirada. Sentí vergüenza. Quise irme.
        No podía.
Él se había girado boca arriba; se había bajado la
        camiseta;
y aunque su pecho era oscuro y su camiseta muy
        blanca,
aun así, tenías la impresión de que una cortina muy
        negra
había cubierto algo luminoso y que entrañaba
        peligro. Así, entonces,
el tío, con la sábana subida hasta la
        barbilla,
sonreía con encanto pese a la fiebre. Por debajo de la
        sábana
se distinguían sus fuertes piernas. Salí de la
        habitación.
No lo volví a ver durante el tiempo que se quedó; yo
        vagaba por los campos.

                        Tres meses más tarde
le mandó a mi madre, desde un país ajeno, un
        montón de ropa vieja suya
para los pobres. De inmediato reconocí su cuerpo.
        Varios días
estuvo un pantalón colgado de una percha en el
        pasillo. Lo miraba
durante horas enteras, lo palpaba con las manos;
        pensaba en robarlo,
en esconderlo debajo de mi colchón, en ponérmelo.
        Tenía miedo. Un día,

ἔβαλα μιὰ καρέκλα· ἀνέβηκα· ἔχωσα τὸ πρόσωπό
    μου καὶ τὸ ὀσμιζόμουν.
Ἔπεσα ἀπ' τὴν καρέκλα. Τρόμαξα. Δὲ χτύπησα. Μὲ
    τὸ θόρυβο τρέξαν.
Δὲν εἶπα τίποτα. Καθόλου πόνος. Μιὰ γεύση
    μονάχα βαθιᾶς ἁμαρτίας.

Τὸ παντελόνι ἐκεῖνο τόδωσαν σ' ἕνα δικό μας
    ὑπηρέτη.
Ἴσα-ἴσα τοῦ ἐρχόταν. Οἱ ὑπηρέτες (θὰ τόχεις
    προσέξει)
ἔχουν ἕναν παράξενο δικό τους τρόπο, μιὰ δική
    τους ζωή, ὁλότελα ξέχωρη,
κλειστὴ κ' ἐπίβουλη, παρ' ὅλη τὴ βουβὴ ἀφοσίωση,
    ποὺ δείχνουν,
παρ' ὅλο μάλιστα τὸ σεβασμό τους· κάποια
    ἐχθρότητα κι ἀδηφαγία
στὰ μάτια τους, στὰ χείλια τους καὶ, προπάντων,
    στὰ χέρια,
τὰ ρωμαλέα, τὰ αὐστηρά, τὰ ἐπιδέξια, τὰ
    αὐτοέμπιστα,
βαριά, χοντροκομμένα σὰν ἀρκοῦδες,
ἀργόπρεπα, παρ' ὅτι τόσο σβέλτα, ὅταν ξύστριζαν
    τ' ἄλογα,
ὅταν ζεῦαν τὸ ἁμάξι ἢ τεμαχίζαν ἕνα βόδι
ἢ κάρφωναν ἕνα τραπέζι ἢ σκάβανε τὸν κῆπο –

Θέ μου, πόσο κουτοὶ καὶ πόσο ἀνίδεοι, – μήτε ποὺ
    ξέρουν τί ὄμορφοι ποῦναι
μὲς στὸ κρουστό, ἱδρωμένο δέρμα τους, δοσμένοι
    στὴ δουλειά τους

arrimé una silla; me subí; hundí en él mi cara y estuve
    olfateándolo.
Me caí de la silla. Me asusté. No me hice daño. Con
    el ruido llegaron corriendo.
No dije nada. Ningún dolor. Sólo un gusto profundo
    a pecado.

El pantalón aquel se lo dieron a uno de nuestros
    criados.
Apenas le quedaba. Los criados (lo habrás
    notado)
tienen un modo curioso, una vida propia,
    completamente aparte,
cerrada y maliciosa, pese a la muda devoción que
    muestran,
pese incluso al respeto; una cierta hostilidad
    y avidez
en sus ojos, en sus labios y, sobre todo, en sus
    manos,
recias, sobrias, diestras, seguras de sí
    mismas,
pesadas, bastas como osos,
torpes, pese a su agilidad al almohazar los
    caballos,
al enganchar la carroza o despiezar un buey
o cuando clavaban una mesa o cavaban el jardín –

Dios mío, qué tontos y qué ignorantes – no saben
    siquiera lo bellos que son
con su piel firme, sudada, entregados a su
    trabajo

ἀνάμεσα σὲ σφυριά, σὲ καρφιά, σὲ πριόνια, – ἕνα
	σωρὸ ἐργαλεῖα
μὲ ἄγνωστα ὀνόματα, – τρομαχτικά στὴ
	χρησιμότητά τους,
τρομαχτικά στὴ μυστικότητά τους, ἢ τὴ
	συνωμοτικότητά τους μᾶλλον,
ξύλα καὶ σίδερα πολύπλοκα, λάμες ἀκονισμένες,
	λάμψεις –

Κι ὅλοι τους ἔχουν μιὰ βαρειὰ μυρωδιὰ ἀπὸ
	ἀσάλευτο νερό καὶ ἀπὸ πεῦκο
ἢ γάλα συκιᾶς. Ποτὲ δὲν ξεκουμπώνουν μπροστά
	μας
οὔτε ἕνα κουμπὶ τῆς πουκαμίσας τους. Ποτὲ δὲ
	γελᾶνε. Ὅμως, τὸ ξέρεις
πὼς μεταξύ τους μένουνε γυμνοί, χωρατεύουν,
	παλεύουν
τὰ μεσημέρια τοῦ καλοκαιριοῦ, στὰ κάτω
	δωμάτια.

			Μιὰ μέρα τοὺς εἶδα
μὲς ἀπ᾿ τὴν κλειδαρότρυπα. Ὁ ἕνας κοιμόταν,
	κατάχαμα στὸ στρῶμα·
οἱ ἄλλοι τὸν γύμνωσαν ἀθόρυβα, τοῦ βάψαν μὲ
	καπνιὰ τὴ φύση
λουρίδες-λουρίδες, σὰν ὄρθιο φίδι. Ἐκεῖνος
	ξύπνησε· τοὺς πῆρε στὸ κυνήγι·
τρέχανε κάτω ἀπ᾿ τὶς ἁψίδες, γύρω στις κολῶνες,
	γελοῦσαν
ἕνα μεγάλο γέλιο ἱστορικό.

rodeados de martillos, de clavos, de tornillos – un
    montón de utensilios
con nombres desconocidos – aterradores en su
    utilidad,
aterradores en su secretismo o, más bien, en su
    conjura,
maderas y fierros retorcidos, lamas filudas,
    destellos –

Y ellos, los criados, todos tienen un pesado olor a
    agua estancada y a pino
o a leche de higuera. Frente a nosotros no se
    desabotonan
ni un botón de la camisa siquiera. No ríen. Pero tú
    sabes
que cuando están solos van desnudos, bromean,
    luchan
los mediodías estivales en las estancias
    de abajo.

                                    Un día los vi
por el ojo de la cerradura. Uno dormía en el suelo
    encima de un colchón;
los otros lo desnudaron sin hacer ruido, le pintaron
    el sexo con hollín
rayas y más rayas, como una serpiente erecta. Se
    despertó; se puso a perseguirlos,
corrían bajo los arcos, en torno a las columnas,
    reían
con una risa grande, histórica.

Τρόμαξα. Τὄβαλα στα πόδια. Θέ μου,
λουρίδες-λουρίδες, μιὰ φῶς, μιὰ σκιά, σὲ μιὰν
    ἀπέραντη κάθετη σήραγγα,
κάτι κλειστό, προδοτικό. Πνιγόμουνα. Κ' ἤθελα νὰ
    φωνάξω. Δὲ φώναξα.
Ἀνέβηκα δυὸ-δυὸ τὰ σκαλοπάτια· – βούϊζε τὸ
    κλιμακοστάσιο δροσερό, ἰσκιωμένο,
κ' ἔξω ἀκουγόταν τὸ χρυσό λιοπύρι κ' οἱ φωνές τῶν
    βαρκάρηδων
μακρινὰ-μακρινά, σκοτεινά, σὰν τρίχωμα ἀντρικῆς
    μασκάλης. Πνιγόμουν.
Ἔτρεξα ἐπάνω, στὸ μεγάλο δωμάτιο, ἄνοιξα τὴν
    μπαλκονόπορτα·
μπῆκε μιὰ μυρωδιὰ ἀπὸ κατράμι καὶ χαρούπι, μιὰ
    μυρωδιὰ ἀπό κόκκινο·
τὸ σκυλί τῆς μητέρας κοιμόταν στὸν ἴσκιο τῆς
    μεγάλης μουσμουλιᾶς
μὲ τὴ μουσούδα του πάνω στὰ δυὸ πόδια του.
    Σφάλισα πάλι τὴν πόρτα.

Ἴσως γι' αὐτό διαλέγουμε στὸ τέλος τὴ σκιά. Τὸ
    σκοτάδι εἶναι μαῦρο –
μαῦρο, στιλπνό, ἀναλλοίωτο, χωρὶς ἀποχρώσεις.
    Γλυτώνεις
ἀπ' τὴν προσπάθεια νὰ διακρίνεις, – πρὸς τί;
                            Ὁ ὑπηρέτης ἐκεῖνος
εἶταν φτιαγμένος σὰν ἀπὸ σκοτάδι. Θυμᾶσαι; –
    Ὅταν μ' ἅρπαξε
μαζεύαμε λουλούδια στὸ μεγάλο λιβάδι. Τὰ
    κανίσκια γεμάτα

Me asusté. Salí corriendo. Dios mío,
rayas y más rayas, una de luz, otra de sombra, en un
    túnel vertical,
un algo cerrado, traicionero. Me ahogaba. Y quería
    gritar. No grité.
Subí de dos en dos los escalones; zumbaba la escalera
    fresca, umbría,
y afuera se oía el dorado sol abrasador y las voces de
    los barqueros
lejanas, muy lejanas, oscuras como pelos de una axila
    masculina. Me ahogaba.
Subí corriendo hasta la alcoba grande, abrí la puerta
    del balcón;
entró un olor a alquitrán y a algarroba, un olor
    a rojo;
el perro de mi madre dormía a la sombra del níspero
    grande
con el morro sobre las patas. Cerré de nuevo la
    puerta.

Quizá por eso al final elegimos la sombra. La
    oscuridad es negra –
negra, bruñida, inalterable, no tiene matices.
    Te evita
el esfuerzo de distinguir – ¿qué sentido tiene?
                                    Aquel criado
parecía estar hecho de oscuridad. ¿Te acuerdas? –
    Cuando me raptó
estábamos recogiendo flores en la pradera. Las cestas
    llenas

κρόκους, βιολέτες, κρίνους, ρόδα, ἀμάραντα,
    ὑακίνθους· – ἐγώ εἶχα σκύψει
πάνω σ' ἕνα παράξενο λουλούδι –σὰ νάρκισσος
    ἔμοιαζε,– ἕνας νάρκισσος
πρωτόφαντος, μ' ἑκατὸ χρώματα, μ' ἑκατὸ
    μίσχους·
σπίθιζαν πάνω του οἱ σταγόνες τῆς δροσιᾶς. Κ' ἐγώ
    ἐκεῖ, θαμπωμένη,
γερτή, σὰν ἀναδιπλωμένη ἐντός μου, σὰ σκυμμένη
    σ' ἕνα πηγάδι,
νὰ βλέπω τὴ μορφή μου (αὐτάρκης σχεδὸν),
    ἐρωτευμένη
μὲ τὴν τριανταφυλλένια σκιὰ στὶς ἄκρες τῶν
    χειλιῶν μου,
μὲ τὴν κρουστή, φιλντισένια κοιλότητα ἀνάμεσα
    στὰ στήθη.

Πάνω ἀπ' τὴν πλάτη μου πλατάγιζε σὰν σημαία τὸ
    λιοπύρι·
μοὔκαιγε τὰ μαλλιά· χιλιάδες ἄστρα λεπτότατα
    ἀναβόσβηναν,
ἕνα σὲ κάθε τρίχα μου, μὲ πεντάχτινα χρώματα.
    Τἄβλεπα
μέσα στὸ δροσερὸ νερό (ἢ μέσα σ' ἐκεῖνον τὸν
    νάρκισσο; – δὲν ξέρω), ἀμέτρητα
σπιθίζανε γύρω στὸ πρόσωπό μου, σὰ νᾶχα πιάσει
    φωτιά, καὶ σὰ νᾶθελα
νὰ πέσω μέσα στὸ νερένιο εἴδωλό μου νὰ τὴ
    σβήσω.

22

de flores de azafrán, violetas, lirios, rosas, amarantos,
     jacintos – yo me había inclinado
sobre una flor insólita – un narciso parecía – un
     narciso
nunca visto, de cien colores, con cien
     renuevos;
encima le centelleaban grandes gotas de rocío. Y yo
     ahí, deslumbrada,
doblada, como plegada sobre mí misma, como
     asomada a un pozo,
para ver mi imagen (autosuficiente casi),
     enamorada
de la sombra rosada de las comisuras de mis
     labios
o de la hendidura profunda y nacarada entre mis
     senos.

Encima de mi espalda chasqueaba cual bandera la
     canícula;
abrasaba mis cabellos; millares de estrellas
     pequeñísimas titilaban,
una por cada cabello mío, con colores fulgurantes.
     Las veía
en el agua fresca (¿o sería en aquel narciso? – no lo
     sé), centellear incontables
alrededor de mi rostro, como si estuviera yo en
     llamas y como si quisiera, también,
lanzarme dentro de mi imagen acuática para
     apagarlas.

                                        Κι ἄξαφνα
εἶδα ὀρθωμένα μπρὸς στὰ μάτια μου τὰ δυὸ
      κατάμαυρα ἄλογά του
σὰν τυφλωμένα ἀπ' τὸ φῶς, (τἄδα μὲς στὸ νερό κ'
      ἐκεῖνα). Φώναξα,
ὄχι ἀπὸ φόβο ἀλλὰ ἀπὸ θάμπος, σὰν νὰ μὲ κατάπιε
      τὸ λουλούδι ἐκεῖνο,
σὰ νἄπεσα μὲς στὸ πηγάδι, σὰ νὰ πήδησα μεμιᾶς
      ὅλη τὴ σκάλα
ὣς τὰ δωμάτια τῶν ὑπηρετῶν· κ' ἔνιωσα στὸ γυμνό
      μου πέλμα
τὸ ἐξαίσιο γλύστρημα τοῦ κάτω ἡμικύκλιου. Μόλις
      ποὺ πρόφτασα
νὰ δῶ ποὺ πέφτανε σ' αὐτό τὸ ρῆγμα τὰ κανίσκια
      σας μὲ τὰ λουλούδια,
ἡ κρήνη τοῦ κήπου, τὸ πέτρινο λιοντάρι, ἡ χάλκινη
      χελώνα.

Θυμᾶμαι αὐτή τὴν αὐστηρή, ἐσωτερικὴ πυκνότητα,
      καὶ πάνω της
σᾶς ἄκουσα νὰ μὲ φωνάζετε μὲ τ' ὄνομά μου·
καὶ τ' ὄνομά μου εἶταν ξένο· κ' οἱ φίλες μου ξένες·
ξένο τὸ ἐπάνω φῶς μὲ τὰ τετράγωνα, κάτασπρα
      σπίτια,
μὲ τοὺς σαρκώδεις, πολύχρωμους καρπούς,
      προσποιητοὺς κι αὐθάδεις,
μ' ἐκεῖνο τὸ εὔθραυστο, ἀδηφάγο στόμα τῶν
      δημητριακῶν. Δὲ φοβήθηκα διόλου.

Τὴν ἀπώλεια μόλις ποὺ τὴν ἔνιωσα στὴν ἄκρη τῶν
      χειλιῶν μου

                        24

                                        Y, de pronto,
erguidos frente a mis ojos vi a sus dos caballos
        negros
como cegados por la luz (también a ellos los vi en el
        agua). Grité,
no de miedo sino de asombro, como si aquella flor
        me hubiese engullido,
como si hubiese yo caído en el pozo, como si hubiese
        volado escaleras abajo
hasta los cuartos de los criados; y con las plantas de
        mis pies desnudos sentía
el exquisito deslizamiento hacia el mundo inferior.
        Apenas tuve tiempo
de ver caer en esa falla vuestras cestas con las
        flores,
la fuente del jardín, el león de piedra, la tortuga de
        bronce.

Recuerdo aquella densidad sobria, cerrada, y por
        encima de ella
os oía a vosotras llamarme por mi nombre;
y mi nombre era ajeno, y mis amigas extrañas;
y ajena era la luz de arriba con las casas cuadradas y
        muy blancas,
con los frutos carnosos, coloridos, engañosos y
        arrogantes,
con aquella boca frágil y voraz de los cereales. No
        tuve nada de miedo.

La pérdida apenas la sentía en las comisuras de los
        labios

ποὺ ξαφνικὰ στεγνῶσαν· – δὲ σχημάτιζαν φθόγγο ἢ
    διάθεση φθόγγου,
μονάχα ἡ μακρινή, σκοτεινὴ ἐλευθερία, ἀνταμωμένη
σῶμα μὲ σῶμα – ἐγώ κ’ ἐκείνη – ἡ μιὰ μέσα στὴν
    ἄλλη – ἕνα ἀπίστευτο σῶμα.
Κ’ ἔνιωσα τότε τὸ χέρι του τυλιγμένο στὴ μέση
    μου
τραχύ, δασύτριχο, μυῶδες, νὰ δαμάζει τὴν
    ἀντίστασή μου· –ποιάν ἀντίσταση;–
ἐγὼ δὲν εἴμουν ἐγώ· – κανένας φόβος λοιπόν γιὰ μιὰ
    ταπείνωση· τὰ πάντα
εἶχαν ἀκινητήσει σὲ μιὰ ἀπέραντη διαύγεια
ἑνὸς συντελεσμένου ἀκατόρθωτου.
                              «Φοβᾶσαι;», μοῦ εἶπε
(τί ἀνίσχυροι ποῦναι οἱ πολύ δυνατοί· – φοβοῦνται
    πάντα
μήπως δὲν τοὺς φοβόμαστε ὅσο πρέπει, – οἱ ὡραῖοι,
    οἱ ἀνύποπτοι
μέσα στὴν παιδικήν ἀλαζονεία τους). «Ναι, τοῦ
    εἶπα, – φοβᾶμαι»,
κ’ ἐκεῖνος μ’ ἔσφιξε πάνω του πιότερο, τόσο ποὺ
    αἰσθάνθηκα τοῦ χεριοῦ του τὸ τρίχωμα
νὰ εἰσδύει μές ἀπ’ τοὺς πόρους μου σὰ νάμουν
    δεμένη στὸ σῶμα του
μὲ χιλιάδες λεπτότατες ρίζες – καθόλου
    δεσμευμένη, μιὰ κ’ εἴμουν ἀφημένη.

Ἐκεῖ, τὰ σπίτια εἶναι ὑπόγεια, τὰ ποτάμια ὑπόγεια,
    ὁ οὐρανός ὑπόγειος·
λίγες λεῦκες μονάχα τεφρὲς στὸ ὑπόγειο
    περιβόλι,

que de pronto se secaron; no articulaban sonido – ni
    pretendían articularlo,
sólo la lejana, oscura libertad, conmigo,
cuerpo a cuerpo – ella y yo – la una inmersa en la otra
    – un cuerpo increíble.
Y entonces sentí el brazo de él rodearme la
    cintura,
tosco, velludo, musculoso, buscaba domar mi
    resistencia; ¿cuál resistencia? –
Yo no era yo; ningún miedo, pues, de ser vejada;
    todo
se había petrificado en la infinita transparencia
de un inalcanzable alcanzado.
                        «¿Tienes miedo?», me dijo
(¡qué débiles son los muy fuertes! – siempre
    temen
que no les temamos cuanto debemos – tan bellos, tan
    confiados
en su pueril arrogancia). «Sí—le dije—, tengo
    miedo»,
y entonces me apretó más fuerte contra él, tanto que
    sentí los pelos de su brazo
penetrarme por los poros como si estuviera atada a
    su cuerpo
con millares de finísimas raíces – no me sentí
    encadenada, ya que yo me había entregado.

Allá las casas son subterráneas, los ríos subterráneos,
    el cielo subterráneo;
sólo unos pocos álamos blancos en el vergel
    subterráneo,

τὰ μαῦρα κυπαρίσσια, οἱ ἄγονες ἰτιές, ἡ ἄγρια μέντα
καὶ μερικὲς ροδιές.
        Μοῦ καθάριζε ρόδια μὲ τὰ ἴδια του τὰ χέρια.
Τὰ δάχτυλά του μαύριζαν ἀκόμη πιὸ πολύ. Τα
        κουκκιά τοῦ ροδιοῦ θαμποφέγγαν
σὰ γυάλινα φιαλίδια γεμάτα μ' αἷμα. Μὲ τάιζε στὴν
        παλάμη του
ἀνάμεσα στὰ μεγάλα πιθάρια καὶ στὰ πέτρινα
        σκαμνιά, μὴ καὶ ξεχάσω
καὶ δὲ γυρίσω πάλι κοντά του. – Πῶς νὰ μὴ γυρίσω;
        Τούτη ἡ θάλασσα
σοῦ τινάζει τὸ φέγγος της, τριμμένο γυαλί, στὰ
        μάτια, στὸ στόμα,
μὲς στὸ πουκάμισο μὲς στὰ σαντάλια.
        «Κράτησέ με, –τοῦ ἔλεγα· – ἄφησέ με
νᾶμαι μονάχα τὸ ἕνα –ἔστω μισό· – τ' ὁλόκληρο μισὸ
        (ὅποιο νᾶναι),
ὄχι τὰ δυό, τὰ χωριστὰ καὶ τὰ ἄσμιχτα, γιατὶ δὲ μοῦ
        μένει
παρὰ νᾶμαι ἡ τομὴ –δηλαδὴ νὰ μὴν εἶμαι–
μιὰ κάθετη μονάχα μαχαιριὰ κι ὁ συθέμελος
        πόνος –»·
καὶ τὸ μαχαίρι, οὔτε κι αὐτὸ νὰ μὴν εἶναι δικό σου.
        «Δὲν ἀντέχω, –τοῦ ἔλεγα· – κράτησέ με».

Ἐκεῖνος εἶναι ἡ μεγάλη, σκοτεινὴ βεβαιότητα – ἡ
        μόνη. Κατηφὴς πάντα
μὲ τὰ χοντρά του φρύδια νὰ τοῦ κρύβουν τὰ μάτια,
τόσον ὄρθιος, κι ὡστόσο σὰ σκυμμένος,
κλεισμένος στὸν ἑαυτό του, μὲς στὸ τρίχωμά του,
        ἀόρατος σχεδόν,

cipreses negros, sauces yermos, menta silvestre
y algunos granados.
Él me pelaba las granadas con sus propias manos.
Sus dedos se ennegrecían aún más. Los granos de la
    granada despedían una luz velada
como ampollas de vidrio llenas de sangre. Me daba
    de comer en la palma de su mano
entre las grandes tinajas y los asientos de piedra, no
    fuera a ser que yo me olvidara
de volver nuevamente a su lado. ¿Cómo no iba a
    volver? Este mar
te lanza su brillo, vidrio triturado, a los ojos, a la
    boca,
a la camisa, a las sandalias.
                    «Retenme—le decía—; permíteme
tan sólo ser el entero – aunque sea una mitad – la
    mitad completa (la que sea),
no las dos, las separadas e irreconciliables, porque
    no me queda
sino ser la incisión – es decir no ser
mas que una cuchillada vertical y el dolor
    enraizado»;
y el cuchillo, que él tampoco sea tuyo. «No
    soporto—le decía—; retenme».

Él es la grande, la oscura certeza – la única. Siempre
    afligido
con sus gruesas cejas que le ocultan los ojos,
tan recto, y al mismo tiempo como encorvado,
encerrado en sí mismo, en su pelaje, invisible
    casi,

29

δαγκώνοντας ἕνα φύλλο ἢ καπνίζοντας τὴν πήλινη
    πίπα του
κ' ἡ μικρή φλόγα νὰ φωτίζει ἀπ' τὰ κάτω τὰ
    ρουθούνια του
σὰ ν' ἀστράφτει μακριὰ σ' ἕνα ἔρημο, σάρκινο
    τοπίο,
ἕνα τοπίο ἀπορροφητικό· – μ' ἀπορροφοῦσε.
                Στὸν τυφλὸ τοῖχο τοῦ ὑπογείου
εἶταν δυὸ χάλκινοι κρίκοι κρεμασμένοι. Γυαλίζαν
μ' ἕνα φῶς μυστικό, μαυροπράσινο· – ἴσως ἐκεῖ νὰ
    γυμναζόταν κάποιος
ἢ νὰ κρεμάστηκε ἕνας ὄμορφος νέος. Μ' ἄρεσε νὰ
    τοὺς βλέπω –
δυὸ τρύπες ἀνοιχτὲς στὸ πουθενὰ – τὶς γέμιζα μ' ὄ,τι
    ἤθελα.

                                            Θυμᾶσαι
ἐκεῖνο τὸ ἄγαλμα ποὺ τὸ χαζεύαμε ἕνα μεσημέρι
    στὸ Γυμνάσιο,
φτιαγμένο μὲ χρυσάφι, ἀσήμι, μόλυβδο, χαλκό,
    κασσίτερο
βαμμένο σὲ χρῶμα σκοτεινὸ (τώρα τὸ νιώθω πόσο
    τοῦ ἔμοιαζε) –
θαρρῶ πὼς εἶταν τοῦ Σεράπιδος –ἔργο τοῦ Βρύαξη
    τοῦ Ἀθηναίου–
ὤ, κάτι θἄξερε κι αὐτός. Πολύ μᾶς ἄρεσε μὲ τὴ
    δάφνη στὸ μέτωπο,
ὡραῖος, μὲ τὴν ἐξαίσια κούραση διαχυμένη στὸ
    σῶμα του
σὰν νικητὴς τοῦ πεντάθλου ποὺ ἐμφανίζεται μετὰ
    τοὺς ἀγῶνες,

mordiendo una hoja o fumando su pipa de
    barro
mientras la pequeña llama ilumina desde abajo los
    orificios de su nariz
como si centelleara lejos, en un paisaje desierto,
    carnoso,
un paisaje absorbente – me absorbía.
                      En la pared ciega del sótano
había colgados dos aros de bronce. Brillaban
con una luz misteriosa, verdinegra – quizá ahí
    alguien hubiese entrenado
o un apuesto joven se hubiese colgado. Me gustaba
    mirarlos –
dos agujeros abiertos a la nada – yo los llenaba con lo
    que quisiera.

                        Recuerdas
aquella estatua que una tarde contemplábamos en el
    Gimnasio,
hecha de oro, plata, plomo, bronce,
    estaño
pintada de un color oscuro (ahora es cuando veo
    cuánto se le parecía) –
pienso que quizá fuera Serapis – obra de Briaxis, el
    ateniense –
oh, qué buen trabajo. Nos encantaba con aquel
    laurel en la frente,
bello, con un cansancio exquisito diseminado a lo
    largo del cuerpo
como un ganador de pentatlón que, tras el torneo,
    poco antes de entrar al baño,

γυμνός, λίγο πρὶν μπεῖ στὸ λουτρώνα, στὸ στενὸ
      κύκλο τῶν φίλων του
(πάντοτε οἱ νικητές ἔχουν ἐλάχιστους φίλους ἢ
      κανέναν).
                              Στεκόταν
κάπως ἀμήχανος μέσα στὴ νίκη του, μὴν ξέροντας
      πῶς ν' ἀπαντήσει,
ἐνδοτικὸς κι ἀπρόσιτος. Τότε ἕνα σύννεφο θαρρῶ
      τριανταφυλλένιο
σκίασε ἀκέριο τὸ ἀμφιθέατρο. Τὸ μεγάλο του νύχι
      τοῦ ἀντίχειρα
πλάταινε λίγο λίγο (αὐτὸ τὸ πρόσεξα ἰδιαίτερα· δὲ
      σοῦ τὄπα)
ὑὰν ἀκρογιάλι ἀκατοίκητο, περιχυμένο
ἐκείνη τὴν ἀπέραντη μελαγχολία τῶν ἡρώων. Κ'
      ἐκεῖ, σὲ μιὰ κερκίδα,
ἔμενε ἕνα ἄδειο μπουκάλι λεμονάδας,
      ἀντιφέγγοντας
μ' ἐπίπλαστη οἰκειότητα κάτι αὐστηρὸ καὶ
      τελειωμένο.
Παράξενο, τώρα, νὰ μιλῶ καὶ ν' ἀκούω τὴ φωνή
      μου. Ἄλλοτε τρόμαζα
μὴν προδοθῶ. Μονάχα μέσα μου ἔλεγα,
      ξανάλεγα
ἀργά, βαθιὰ τ' ὄνομά του. Τὸν φώναζα βουβὰ τὶς
      νύχτες,
«Νυχτερινέ, Νυχτερινέ», στραμμένη πρὸς
      τὸν τοῖχο.
                              Πῶς ἔγινε
κ' ἔσμιξαν ὅλα, κεῖ κάτω, στὸ χαμηλὸ οὐρανό, πού,
      κάποτε,

32

aparece desnudo en el círculo estrecho de sus
    amigos
(los ganadores tienen siempre pocos amigos o
    ninguno).
                    Estaba ahí, de pie,
algo desconcertado en medio de su victoria, sin saber
    cómo responder,
condescendiente e inaccesible. Entonces una nube
    que me pareció rosada
oscureció el anfiteatro todo. La uña de su dedo
    pulgar
se ensanchaba poco a poco (eso lo noté
    especialmente; no te lo había dicho)
como una playa deshabitada, bañada
de la infinita melancolía de los héroes. Y ahí, en una
    grada,
una botella vacía de limonada
    reflejando
con forzada familiaridad algo austero y
    terminado.
Es extraño, ahora, que yo hable y escuche mi voz. En
    otro tiempo temía
traicionarme. Sólo para mi sayo decía,
    repetía
muy despacio, su nombre. Lo llamaba en silencio por
    las noches,
«¡Nocturno mío! ¡Nocturno mío!», le decía, con la
    cara vuelta a la pared.
                    ¿Cómo pudo pasar
que todo se mezclara allá abajo, en el cielo bajo, que
    de tanto en tanto

ἡ φωνὴ ἑνὸς πουλιοῦ τὸν τρυπάει; – ὁ ὑπηρέτης, τὸ
    ἄγαλμα, ὁ θεῖος –
ὅλα ἄηχα, ἀπὸ σάρκα καὶ σκιά.
                            Ἐδῶ σὲ καταδιώκει
μιὰ μυρωδιὰ ἀπὸ ρετσίνι ζεστὸ καὶ καμένο κριθάρι.
Τὰ νησιά, σκόρπια
μέσα στὴ λάμψη τῆς θάλασσας, πάντοτε κάτι σοῦ
    ἀξιώνουν,
κάτι σοῦ παίρνουν ἢ σοῦ ἀπαγορεύουν. Ἐδῶ, τὰ
    μεσημέρια,
πηγμένα μὲς στὸ φῶς, μοιάζουνε μὲ νεκρὴ
    λουτρόπολη. Μιὰ ἀλλόφρονη γυναίκα
τρέχει γυμνή, φωνάζοντας ἀνάμεσα σὲ
    ἀσβεστωμένα θεόκλειστα σπίτια,
μὲς στὸν κίτρινο ἀέρα· κ' ἡ θάλασσα λαμποκοπάει
    μαρμαρωμένη
μὲ κατάρτια κι ἀσάλευτες σημαῖες. Κι ἐκείνη ἡ
    γυναίκα νὰ τρέχει
τρελλή· – στιγμὲς-στιγμὲς ἀκούγεται ἡ κινούμενη
    κραυγή της πάνω στὸ λόφο
κι ἄλλοτε τὸ λαχάνιασμά της ἐδῶ, κάτω ἀπ' τὶς γρίλιες.

                            Κεῖ πέρα
τίποτα δὲν ταράζει τὴ σιωπή. Μονάχα ἕνας σκύλος
    (κι αὐτὸς δὲ γαυγίζει),
ἄσκημος σκύλος, ὁ δικός του, σκοτεινὸς μὲ στραβὰ
    δόντια,
μὲ δυὸ μεγάλα μάτια ἀόριστα, πιστὰ καὶ ξένα,
σκοτεινὰ σὰν πηγάδια, – κι οὔτε ξεχωρίζεις μέσα
    τους
τὸ πρόσωπό σου, τὰ χέρια σου ἢ τὸ πρόσωπό του.

34

rasgaba la voz de un pájaro? – el criado, la estatua, el
    tío –
todos mudos, de carne y de sombra.

                                    Aquí te persigue
un olor a resina caliente y a cebada quemada. Las
    islas, dispersas
en el brillo del mar, siempre exigen algo
    de ti,
algo te quitan, algo te prohíben. Aquí, los
    mediodías,
condensados en la luz, parecen un balneario muerto.
    Una mujer trastornada
corre desnuda gritando entre casas enjalbegadas,
    a cal y canto cerradas,
en medio del aire amarillento; y el mar, petrificado,
    refulge
con mástiles e inmóviles banderas. Y aquella mujer
    que corre
enloquecida – por momentos se oye su grito en
    movimiento en lo alto del otero,
y otras veces su resuello aquí, tras las persianas.

                                            Allá
nada turba el silencio. Sólo un perro (él tampoco
    ladra),
un perro feo, el suyo, oscuro con los dientes
    torcidos,
con dos grandes ojos imprecisos, leales y ajenos,
oscuros como pozos – en ellos no
    distingues
tu cara, tus manos, o su cara.

          Ὡστόσο
διακρίνεις τὸ σκοτάδι ἀκέριο, συμπαγὲς καὶ
    διάφανο,
πλῆρες, παρηγορητικό, ἀναμάρτητο. Κάνει πὼς δὲ
    σὲ βλέπει
κι ὅμως ὀσμίζεται διαρκῶς τὰ πάντα.
                 Τὴν ὥρα ποὺ ὀνειρεύομαι,
νιώθω ἄξαφνα ἡ ἀνάσα του ν' ἀχνίζει κάτω ἀπ' τὸ
    πηγούνι μου
ἢ νὰ περνάει ἀπ' τοὺς κροτάφους μου σὰ νὰ μοῦ
    παρακολουθεῖ τὴ σκέψη,
τὸ ρίγος, τὴν ἐπιθυμία, (καὶ τὰ βλέπω κ' ἐγώ). Οἱ
    κινήσεις μου ὅλες
κ' οἱ πιὸ ἥσυχες κι ἁπλές, ὅταν χτενίζομαι, ὅταν
    πλένομαι,
νιώθω ν' ἀντιχτυποῦν μέσα στὴ λίμνη τῆς ἀναπνοῆς
    του,
νὰ γράφουν κύκλους ἀτελείωτους ὣς τὸ μεγάλο
    ἐκεῖνο βάθος
τὸ ἀδιαπέραστο σὰν τὴν ἀνυπαρξία. Κάθε λέξη
    ἀποσιωπημένη,
κάθε χειρονομία ἀναβλημένη, μπαίνουν στὸ δικό
    του χῶρο,
στὴ δική του ἐξουσία, – τὶς εἰσπνέει.
                 Κάποτε,
καθὼς περπατῶ ξεχασμένη στὸν κῆπο, κάτω ἀπ' τὶς
    λεῦκες,
ἢ πλένω ἕνα πουκάμισο στὴν πέτρινη γούρνα,
ἢ ἀφήνω τὸ χέρι μου στὸ στῆθος μου,
ἢ κρατῶ ἕνα λουλούδι, μὲ μιὰ δική μου μοναχικὴ
    τρυφερότητα,

Sin embargo
distingues la oscuridad entera, compacta y
      transparente,
completa, consolativa, libre de pecado. Finge que no
      te ve
pero lo husmea todo constantemente.
                              Mientras sueño,
siento de pronto su respiración humear bajo mi
      barbilla
o pasar por mis sienes como si me vigilara los
      pensamientos,
el anhelo, el deseo (yo también los veo). Todos mis
      movimientos
aun los más apacibles y sencillos, cuando me peino,
      cuando me lavo,
los siento reverberar en el lago de su
      respiración,
trazar círculos interminables hasta aquel inmenso
      fondo
impenetrable como la inexistencia. Cada palabra
      callada,
cada gesto aplazado, entran en su
      espacio,
en su poder – los inhala.
                              A veces,
cuando paseo distraída bajo los álamos del
      jardín,
o lavo una camisa en la artesa de piedra,
o dejo mi mano reposar sobre mi pecho,
o sujeto una flor con esa ternura desolada que es tan
      sólo mía,

αἰσθάνομαι ἄξαφνα γυμνή, καρφωμένη στὸν τοῖχο,
ἢ στὸν κορμὸ ἑνὸς δέντρου, ἢ στὸ μετάλλινο
        καθρέφτη τῆς εἰσόδου,
προπάντων ἐκεῖ, στὸν καθρέφτη, διπλὰ καρφωμένη,
διπλὰ ὁρατή, χωρὶς κρησφύγετο, χωρὶς ἕνα φύλλο,
σὲ μιὰ συμπυκνωμένη διαφάνεια, ἀπὸ μέσα κι ἀπ'
        ἔξω φωτισμένη
ἀπ' τοὺς δυὸ προβολεῖς τῆς ἀνάσας του ποὺ
        τινάζονται
ἀπ' τὰ στενά του ὑπονοητικὰ ρουθούνια
τὰ μαντικά, αἰσθησιακά, θρησκευτικὰ ρουθούνια.
                «Διῶχτον· διῶχτον»,
τοῦ φώναζα καμμιὰ φορά, καθηλωμένη ἐκεῖ,
        ὀργισμένη,
σὲ μιὰ ἀκαθόριστη ἐνοχὴ κι ἀθωότητα, μὴν ἔχοντας
τίποτα πιὰ νὰ κρύψω – ἐλεύθερη στὴν ἀνημπόρια
        μου. Μονάχα τὰ μαλλιά μου
νὰ τρέχουν πέρα-δῶθε, νὰ μπαίνουν, νὰ βγαίνουν
μὲς στὰ ρουθούνια του, σὰν ἀεικίνητες ρίζες, νὰ
        φεγγοβολᾶνε
ὁλόγυρά μου σὰ φτερὰ καὶ σὰν κύματα. Τἄβλεπα.
        Αὐτά μοῦ ξανάδιναν
μιὰν ἄλλη περηφάνεια –τὴ δική μου– μιὰν
        ἀνεξαρτησία
ἀπέναντι στὸ σκυλὶ καὶ στὸν ἀφέντη του.
                Κι ἄλλωστε
ἀπὸ ποιόν καὶ γιὰ ποιόν μὲ φυλάει; Γιὰ τὸν ἀφέντη
        του τάχα; Γιὰ μένα; Ἕνα βράδυ, στὸν
        κῆπο
πήδησε καὶ μοῦ ἀγκάλιασε τὴ μέση μὲ τὰ μπροστινά
        του πόδια. Στὸ δεξὶ μηρό μου

38

de golpe me siento nuda, clavada a la pared,
o al tronco de un árbol, o al espejo de metal de la
      entrada,
sobre todo ahí, en el espejo, doblemente clavada,
doblemente visible, sin refugio, sin una sola hoja,
en una transparencia condensada, iluminada por
      dentro y por fuera
por los dos reflectores de su respiración
      proyectados
desde los estrechos, los sugestivos orificios de su nariz,
sus proféticas, sensuales, hieráticas narinas.
                    «Échalo, échalo»,
alguna vez le gritaba, ahí sentada,
      furibunda,
con una ambigua culpabilidad e inocencia, sin tener
ya nada que esconder – libre en mi desamparo. Sólo
      mis cabellos
ondeaban de un lado al otro, salían, entraban
en sus narinas, cual raíces en perpetuo movimiento,
      refulgían
en torno a mí como alas y olas. Los veía. Ellos me
      devolvían
un orgullo distinto – el mío – la
      independencia
frente al perro y su dueño.
                    Por otra parte,
¿de quién y para quién me vigila? ¿Para su dueño,
      quizá? ¿Para mí misma? Una tarde, en
      el jardín
dio un salto y abrazó mi cintura con las patas
      delanteras. En mi muslo derecho

ἔμεινε κάτι ὑγρό, χλιαρό. Φοβήθηκα τότε. Κι
    ἀλήθεια,
ἀντίκρυ μου ὀρθωνόταν τὸ μεγάλο φίδι, μὲ τὴ
    γλώσσα του ἔξω. Μήπως
ἀπ᾿ αὐτὸ μὲ προφύλαξε; Ἀπὸ ποιόν καὶ γιὰ ποιόν μὲ
    φυλάει;

Τὸ στίγμα μένει ἀκόμη στὸ μηρό μου, στιλπνό,
    γαλατῶδες,
σὰν τὸ καινούργιο δέρμα μιᾶς κλεισμένης πληγῆς.
    Ἐκσπερμάτωση τάχα
ἢ μήπως δάκρυ; Κλαῖνε κ᾿ οἱ σκύλοι· –τὸ ξέρω –
    τόσο ποὺ κάποτε
μοῦ γίνεται καὶ συμπαθής, – ὅταν κοιτάζει στὸ
    ποτάμι τὴν ἀσκήμια του
τὸ βράδυ, μὲ φεγγάρι· ὅταν ἀφήνεται πειθήνια νὰ
    τοῦ περνῶ στὸ τραχὺ τρίχωμά του
ἀνθοὺς ἀπό ἀσφοδήλια, μαργαρίτες, μέντα· – τόσο
    ἀστεῖος
μὲς στὴ χοντροκομμένη ὑποταγή του, – παίρνει κάτι
ἀπ᾿ τὴν ἀδυναμία τῶν ἀνθρώπων.
                        Ἀλλά μήπως κι αὐτὸς
δὲ νικήθηκε κάποτε ἀπὸ ἄνθρωπο; Τὸν σύραν ἔξω
    στὸ φῶς, τὸν χλευάσαν·
πλῆθος παιδιά καὶ κακοί γέροντες περιεργάστηκαν,
    μὲς στὸ καταμεσήμερο,
καταμεσὶς τοῦ δρόμου, τὸ σκοτεινό του ρύγχος, τὰ
    στραβά του δόντια,
τὸ μαῦρο σκονισμένο τρίχωμά του, ὅπου ἔμενε
    ἀκόμη
μιὰ μαργαρίτα δική μου.

40

quedó algo húmedo, tibio. Entonces tuve miedo.
    Ahí,
frente a mí, se erguía la gran serpiente. Con la lengua
    fuera. ¿Sería
de ella de quien me protegía? ¿De quién y para quién
    me vigila?

Aún tengo la marca en el muslo, brillante,
    lechosa,
como la piel reciente de una herida cicatrizada. Una
    eyaculación, quizá,
¿o una lágrima? También los perros lloran – lo sé –
    tanto que alguna vez
me cae hasta simpático – cuando mira en el río su
    fealdad
de noche, con luna; cuando dócil consiente que
    hinque en su áspero pelaje
flores de asfódelo, margaritas, menta; es tan
    gracioso
en esa su tosca sumisión – algo asume
de la debilidad humana.
                    Pero ¿acaso a él nunca lo ha
vencido un hombre? Fue arrastrado a la luz y de él se
    burlaron
niños y viejos infames. En pleno mediodía, en medio
    de la calle,
examinaron su hocico oscuro, sus dientes
    torcidos,
su pelaje negro, empolvado, en el que una de mis
    margaritas
aún estaba hincada.

Δὲ θέλω νὰ τὸν διώξει.
Εἶναι μιὰ συντροφιά κι αὐτός· – διαρκῶς
    παραμονεύει,
ὑποχρεώνοντάς με νὰ παραμονεύω τὸν ἑαυτὸ μου,
νὰ τὸν βρίσκω.

Δῶ πέρα, ἕνα σωρό φωνές κι ἀνταύγειες, ἀπ'
    ἀντίθετες μεριές, σὲ καλοῦν, σε μοιράζουν,
σὰν ὅταν μπαίναμε στὸ Στάδιο –θυμᾶσαι;– καυτερά
    ἀπογεύματα,
τὸ μάρμαρο ζεστὸ – μᾶς ἔκαιγε τὰ πόδια· οἱ
    κερκίδες ἀχνίζαν· δὲν ξέραμε
ποιό ἀπ' ὅλα ἐκεῖνα τὰ γυμνά κορμιά ν'
    ἀπομονώσουμε· – ἕνα ἀτέλειωτο τέντωμα·
πληθαίνανε τὰ μάτια μας, μᾶς κύκλωναν τὸ
    πρόσωπο
πασκίζοντας νὰ δοῦν κυκλικά, γύρω-γύρω τὰ
    σώματα. Τ' ἀκόντια ζυγιάζονταν·
ἕνα πόδι τινάζονταν στὸν ἀέρα· ὁ δίσκος
    ἄστραφτε·
χιλιάδες πέλματα ἔλαμπαν πετώντας· ἕνα κάθιδρο
    στῆθος
ἄγγιζε λαχανιάζοντας τὸ νῆμα· – δὲν
    πρόφταινες.

Ποτέ δὲν ἐπαρκοῦμε στὶς ἐπιθυμίες μας. Ἡ
    ἐπιθυμία δὲν ἐπαρκεῖ. Ἀπομένει
ἡ κούραση, ἡ παραίτηση, – μιὰ εὐτυχισμένη σχεδὸν
    ἀβουλία,
ὁ ἰδρώτας, ἡ διάσπαση, ἡ ζέστη. Ὥσπου φτάνει,
    ἐπιτέλους, ἡ νύχτα

                              No quiero que lo eche.
Él también es compañía – siempre
        vigilante,
me obliga a vigilarme, a encontrarme a mí
        misma.

Aquí, por un lado y por el otro, un sinfín de voces y
        reflejos te llaman, te escinden,
como cuando entrábamos en el Estadio – ¿te
        acuerdas? – en tórridas tardes
y el mármol caliente los pies nos quemaba; las gradas
        humeaban; un estiramiento interminable –
no sabíamos en cuál de tantos cuerpos desnudos
        posar la mirada;
nuestros ojos se multiplicaban, nos daban vueltas
        alrededor de la cara
buscando una visión rotunda, girando al derredor de
        todos los cuerpos. Las jabalinas se nivelaban;
una pierna se elevaba en el aire; un disco
        resplandecía;
miles de pies esplendían en vuelo; un pecho
        sudoroso
tocaba resollando la cinta – no sabías a dónde
        mirar.

No tenemos bastante con nuestros deseos. El deseo
        no basta. Queda
el cansancio, la renuncia – una casi feliz
        abulia,
el sudor, la dispersión, el calor. Hasta que llega,
        finalmente, la noche

νὰ σβήσει τὰ πάντα, νὰ τὰ σμίξει σ' ἕνα στέρεο καὶ
ἄϋλο σῶμα, δικό σου,
νὰ φυσήξει μιὰ στάλα ἀπ' τὸ πευκοδάσος ἢ κάτω
ἀπ' τὴ θάλασσα,
νὰ βουλιάξουν τὰ φῶτα, νὰ
βουλιάξουμε.
                              Ἔξω ἀπ' τὰ παράθυρα
ἀκοῦς νὰ περνάει ὁ πλανόδιος βιολιστής, ὁ κουτσὸς
φανοκόρος,
ἐκεῖνοι οἱ ἀμίλητοι, ἀργοπορημένοι ὁδοιπόροι
κρατώντας στὰ χέρια τους
δρύϊνα κιβώτια δεμένα μὲ κόκκινες ταινίες, καὶ οἱ
ἄλλοι
πεσμένοι μπρούμυτα, χτυπώντας μὲ τὶς δυὸ παλάμες
τους τὸ χῶμα.

Ἀκοῦς καὶ τ' ἄλογα στὸ σταῦλο, καὶ τὸ νερό ποὺ
πέφτει
καθὼς ὑψώνουν οἱ προσκυνητές δυὸ πήλινα δοχεῖα,
τόνα πρὸς τὴν ἀνατολὴ καὶ τ' ἄλλο πρὸς τὴ δύση,
χύνοντας ὑδρομέλι
ἢ κριθαρόνερο ἀνακατεμένο μὲ ἄγρια μέντα
πάνω στὸ λάκκο μὲ τὶς δάφνες, ἐνῶ μουρμουρίζουν
διφορούμενα λόγια, παρακλήσεις καὶ ξόρκια. Κι ἡ
φωνή τῆς μητέρας
κάτι νὰ λέει γιὰ τ' «ὁλόχρυσο στάχυ, τὸ θερισμένο
στὴ σιωπή». Μήτε ἡ νύχτα
δὲν ξεκουράζει· – ἕνας ἀπέραντος διάδρομος,
κρυψίνοος,
μὲ ἀγάλματα τεράστια, μὲ ζωγραφιστὰ
παραπετάσματα, προσωπίδες, καθρέφτες,

44

a apagarlo todo, a mezclarlo en un cuerpo sólido e
        inmaterial, tuyo,
a traer un hálito de viento desde el pinar o desde
        abajo, desde el mar,
a hacer que se hundan las luces, que nos hundamos
        nosotros.
                        Del otro lado de las ventanas
oyes pasar al violinista ambulante, al farolero
        cojo,
a aquellos viandantes callados, tardones, llevando en
        las manos
cajas de roble atadas con cintas rojas, y a los otros
        que,
echados boca abajo, golpean el suelo con las palmas
        de ambas manos.

Oyes también a los caballos en el establo, y el agua
        que cae
mientras los peregrinos elevan dos jícaras de barro,
una hacia el oriente, la otra hacia occidente,
        derramando hidromiel
o agua de cebada mezclada con menta silvestre
sobre la fosa con laureles, mientras murmuran
palabras ambiguas, súplicas, conjuros. Y la voz de mi
        madre
que algo comenta sobre «la espiga dorada, segada en
        el silencio». Tampoco la noche da
descanso – un corredor largo,
        misterioso,
con grandes estatuas, telones pintados, máscaras,
        espejos,

ἀπάτες ὀπτικές, μεταλλικὰ ἀντικείμενα, κρύσταλλα,
    πόρτες, πέτρες,
μιὰ στὸ σκοτάδι, μιὰ στὸ φῶς, – ἡ ἴδια ἐκείνη
    σκάλα,
τόνα σκαλὶ χρυσὸ καὶ τ᾽ ἄλλο μαῦρο.
                        «Σπάσ᾽ την», τοὔλεγα.
Κ᾽ οἱ τρεῖς γυναῖκες πάντα ἐκεῖ, μὲ γυρισμένες
    πλάτες,
μὲ σκεπασμένα πρόσωπα, σκυμμένες πάνω ἀπ᾽ τὸ
    ἄδειο πηγάδι,
φωνάζοντας λόγια ἀκατανόητα· κ᾽ οἱ ἀντίλαλοι
    πολλαπλασιάζοντας
τὴν ἀνεξήγητη φωνή τους μὲς ἀπ᾽ τὸ πηγάδι. Δὲν
    ἀντέχω ἐδῶ πέρα.

Τοῦτο τὸ φῶς τὸ ἀναστάσιμο, θάνατος. Τράβηξε τὶς
    κουρτίνες.
Μεγάλο, ἀμείλικτο, ἐχθρικὸ καλοκαίρι. Ὁ ἥλιος
σὲ ἁρπάζει ἀπ᾽ τὰ μαλλιά, σὲ κρεμάει στὸ γκρεμό.
    Ποιός μὲ ὁρίζει;
Ἐκεῖνος; Τὸ σκυλί του; Ἡ μητέρα; Καθένας
γιὰ κάποιο δικό του σκοπὸ ποὺ μὲ ἀφορᾶ καὶ ποὺ
    ἐγώ δὲν τὸν ξέρω.

Ἀτέλειωτες μέρες. Ἀργεῖ νὰ νυχτώσει. Κ᾽ ἡ νύχτα
    σὰ μέρα – δὲ σὲ κρύβει.
Ἡ θάλασσα φεγγοβολάει καὶ τὰ μεσάνυχτα, ρόδινη
    ἢ χρυσοπράσινη.
Τρίζει τὸ ἁλάτι, πήζοντας στοὺς βράχους. Κάποιος
    βαρκάρης
κατουράει ἀπ᾽ τὸ καΐκι στὴ θάλασσα. Ἀκούγεται ὁ ἦχος

46

ilusiones ópticas, objetos metálicos, cristales,
      puertas, piedras
ora en la oscuridad, ora en la luz – aquella misma
      escalera,
un peldaño dorado y el otro negro.
                                    «Rómpela», le decía.
Y las tres mujeres siempre ahí, giradas de
      espaldas,
con el rostro cubierto, inclinadas sobre el pozo
      seco,
gritando palabras incomprensibles; y los ecos
      multiplicando
su inexplicable voz desde el fondo del pozo. No
      soporto estar aquí.

Esta luz de resurrección es la muerte. Corre las
      cortinas.
Es largo el verano, despiadado, hostil. El sol
te agarra del pelo, te cuelga sobre el abismo. ¿Quién
      mueve mis hilos?
¿Él? ¿Su perro? ¿Mi madre? Cada uno
por algún motivo propio que tiene que ver conmigo
      pero que yo desconozco.

Días interminables. Tarda en anochecer. Y la noche,
      como el día – no te oculta.
El mar incluso a medianoche centellea, rosa o
      verdidorado.
Cruje la sal que se endurece sobre las rocas. Desde su
      caique
un barquero orina en el mar. Se oye el sonido

ἀνάμεσα σὲ μουγγὰ βογκητά· – εἶναι τὰ
    καραβόσκοινα
δεμένα σὲ μετάλλινους γάντζους – μιὰ
    διελκυστίνδα
ἀνάμεσα στὸ νερὸ καὶ στὸ χῶμα, – ἡ ἴδια σκάλα.
    Πάνω ἀπ᾽ τ᾽ ἀκρογιάλι
ὁ δρόμος πάει ἀνάμεσα σὲ δυὸ σειρὲς σκονισμένες
    πικροδάφνες. Ἕνα ἀγκάθι
τρέμει βαθιά, στὸν ἀγρό, σὰν κιονόκρανο ἔτοιμο νὰ
    πέσει.
Τὸ σφύριγμα ἑνὸς κουνουπιοῦ μετατοπίζεται μέσα
    στὴν κάμαρα
δίνοντας σήματα παραπλανητικά, γράφοντας
    γρήγορους ρόμβους,
κουράζοντας τὴν προσοχή σου μὲ ὀξεῖες καὶ
    ἀμβλεῖες γωνίες. Ὁ ἀέρας
μυρίζει δυνατὰ ρετσίνι καὶ σπέρμα. Δὲν μπορεῖς ν᾽
    ἀνασάνεις.

Μετὰ τὰ μεσάνυχτα ἀκούγονται βήματα, – μπορεῖ
    καὶ νἆναι οἱ ὑπηρέτες·
ρίχνουνε τὰ παλιὰ σιδερικὰ στὸ πίσω μέρος τοῦ
    κήπου. Λίγο-λίγο,
τὰ πνίγουν οἱ τσουκνίδες, – ἕνα πιάτο ἀλουμινένιο,
    ἕνα κουτάλι,
ἕνα σπασμένο ἀγαλμάτιο, ἕνα τσίγκινο τραπέζι. Μὲ
    τὸ ἔμπα τοῦ φθινόπωρου
ξεφανερώνονται πάλι, – ὁ τροχός, ἕνα κουπί, τὸ
    τιμόνι,
ἐκεῖνος ὁ ἄξονας ἀπ᾽ τὸ παμπάλαιο ἁμάξι –
    πράματα τῆς μνήμης,

entre gemidos mudos; son las
maromas
atadas a los ganchos de metal – un estira y
afloja
entre el agua y la tierra – la misma escalera.
Más allá de la playa
el sendero va entre dos hileras de oleandros
polvorientos. Una planta espinosa
temblequea al fondo, en el campo, como un capitel
que no tardará en caer.
El zumbido de un mosquito se desplaza por la
habitación
enviando engañosas señales, trazando rombos
veloces,
cansando tu atención con ángulos agudos y obtusos.
El aire
tiene un fuerte olor a resina y a esperma. No puedes
respirar.

Después de la medianoche se oyen pasos – puede
que sean los criados;
lanzan viejos objetos de metal a la parte trasera del
jardín. Poco a poco
las ortigas los cubren – un plato de aluminio, una
cuchara,
una estatuilla rota, una mesa de hojalata. Con la
llegada del otoño
surgen de nuevo – la rueda, un remo, el
timón,
el eje aquel de la antiquísima carroza – objetos de la
memoria,

δικά μας πράματα, ἄχρηστα, τυραγνισμένα,
    σκουριασμένα
κι ὡστόσο σχεδὸν στρογγυλά, σὰν τὰ πιθάρια στὸ
    ὑπόγειο ἢ σὰν τ᾽ ἀστέρια.

Γίνεται τότε μιὰ μεγάλη ἡσυχία, μαλακή, εὐγενική,
    νοτισμένη,
ὡς πέρα ἀπ᾽ τὸν κῆπο, ὡς τὴν ἄκρη τῆς θύμησης, σὰ
    νἄχει μεμιᾶς φθινοπωριάσει.
Κάπου, στὸ βάθος, ἀκούγονται κρότοι νωποί, σὲ
    μακρινὰ ξυλουργεῖα
σὰ νὰ καρφώνουν μακριὰ πλανισμένα σανίδια. Τὰ
    ἐσώρρουχα
τ᾽ ἁπλωμένα υτὸ υκοινὶ τῆς αὐλῆς ἀργοῦν πολὺ νὰ
    στεγνώσουν.

Τὴν ὥρα ἐκείνη κατεβαίνουν οἱ λαγοί στὸ δρόμο.
    Ἀστράφτουν τὰ μάτια τους
στοὺς προβολεῖς τῶν τελευταίων ἀμαξιῶν. Μεγάλη
    ἡσυχία,
ἐπίπεδη, ἁπλωμένη, – δὲν μπορεῖς νὰ τὴ διπλώσεις·
ἡ μιὰ γωνιά της βρέχεται μὲς στὸ ποτάμι,
ἡ δεύτερη ἀνυψώνεται πρὸς τὸ νοτιά, πέρα, στὴ
    θάλασσα,
ἡ τρίτη χάνεται στὸ ἀπέναντι νησί, στὸ
    δάσος,
ἡ τέταρτη μὲς στὸ φεγγάρι μὲ τὰ κίτρινα
    χόρτα.

Εἶναι ὄμορφα μὲ τὸ φθινόπωρο. Ἀνασαίνω. Ὁ ἥλιος
    χάνει

cosas nuestras, inservibles, atormentadas,
       oxidadas
y, sin embargo, casi redondas, como las tinajas en el
       sótano o como las estrellas.

Entonces sobreviene una gran serenidad, tersa,
       amable, húmeda
hasta más allá del jardín, hasta la orilla del recuerdo,
       como si de pronto hubiese otoñecido.
En algún lado, al fondo, se oyen golpes húmedos, en
       alejadas madererías,
como si clavaran largas tablas cepilladas. La ropa
       interior
colgada en la cuerda del patio tarda mucho en
       secarse.

Es la hora en que bajan las liebres a la calzada. Sus
       ojos brillan
con los faros de los últimos coches. Grande
       serenidad,
lisa, dilatada – no la puedes doblar;
una de sus esquinas se moja en el río,
la segunda se alza hacia el sur, lejos, en dirección al
       mar,
la tercera se pierde en la isla de enfrente, en el
       bosque,
la cuarta dentro de la luna con la hierba
       amarillenta.

Todo es bello en otoño. Respiro. El sol
       pierde

τὴ δεσποτεία του, τὴν τρομερή ἔπαρσή του. Τὰ
πάντα ἡμερεύουν·
τὰ πάντα ἐπιστρέφουν στὸν ἑαυτό τους, τόσο ποὺ
λέω
μὴν εἶναι ὁ θάνατος ὁ πιὸ ἀληθινός ἑαυτός μας. Τὸ
ἄστρο τῆς ἑσπέρας
ἀνατέλλει πολὺ πιὸ ψηλά, κρυστάλλινο, διάφανο·
μαρμαίρει
εὐοίωνο πάνω ἀπ' τὸ μαῦρο δάσος, σὰν μιὰ
ἐλάχιστη
σταγόνα πεντακάθαρο νερό, ἀχτινοβολώντας
πολὺ κοντά, σὰν κολλημένο στὸ τζάμι τοῦ
παράθυρου καὶ ταυτόχρονα
ἀπέραντα μακριά, – μιὰ λευκή λάμψη, ἕνα
δάκρυ
διϋλισμένο, ὅλο διαύγεια, ἀνεξαρτησία κ'
εὐφρόσυνη ματαιότητα –
μιὰ σιωπηλή, βαθειὰ βεβαιότητα τοῦ τέλους καὶ τοῦ
πάντα.

Τότε εἶναι ἡ ὥρα νὰ ἐπιστρέψω κοντά του, σχεδὸν
λυτρωμένη,
ἢ μᾶλλον γιὰ νὰ λυτρωθῶ μὲς στὸν ἴσκιο του.
Τράβηξε τὶς κουρτίνες. Κοίτα
μιὰ μέλισσα στάθηκε ἀσάλευτη στὸ δαχτυλίδι
μου,
βομβίζει κιόλας –τὴν ἀκοῦς;– μιὰ ἠχητικὴ
δαχτυλιδόπετρα.

Κλεῖσε, λοιπόν, τὶς κουρτίνες. Δὲν ἀντέχω ἐδῶ
πέρα.

su despotismo, su terrible arrogancia. Todo se
        sosiega;
todo vuelve a sí mismo, tanto que me
        pregunto
si no será la muerte nuestro yo más certero. La
        estrella vespertina
despunta aún más alto, cristalina, diáfana;
        titila
propiciatoria sobre el negro bosque; como una
        diminuta
gota de agua límpida, despidiendo rayos
muy cerca, como pegada al cristal de la ventana y, al
        mismo tiempo,
infinitamente lejana – un destello blanco, una
        lágrima
destilada, toda transparencia, independencia y
        agradable vanidad –
una certeza silenciosa y profunda del final y del
        siempre.

Ese es el momento de volver con él, casi
        redimida,
o, más bien, para redimirme a su sombra. Corre las
        cortinas. Mira,
una abeja se ha quedado inmóvil en mi
        anillo,
incluso zumba – ¿la oyes? – una sonora piedra
        preciosa.

Cierra, pues, las cortinas. No soporto estar
        aquí.

Τοῦτο τὸ φῶς μὲ τρυπάει μὲ χιλιάδες βελόνες,
μοῦ τυφλώνει τὰ μάτια. Δὲν τὸ ἀντέχω. Τράβηξέ
τες, σοῦ λέω, τὶς κουρτίνες.

Ἡ φίλη της σηκώθηκε νὰ τραβήξει τὶς κουρτίνες.
Μὰ ἐκείνη τινάχτηκε ἀπ' τὸν καναπέ. Τὸ βρεγμένο
μαντίλι ἔπεσε στὸ πάτωμα. Ἔφτασε μὲ δυὸ βήματα στὸ
παράθυρο. Ἔπιασε τὸ κορδόνι. Σταμάτησε ἐκεῖ, μὲ τὸ
χέρι ὑψωμένο. Καί, μεμιᾶς, ἄνοιξε διάπλατα τὶς γρίλιες.
Ἔμεινε ἔτσι, μὲς στὸ ἐκτυφλωτικό φῶς, σὰν ἄγαλμα ποὺ
λίγο-λίγο ζωντανεύει. Κινεῖ τὸ χέρι της. Νεύει πρὸς τὰ
ἔξω. Μιὰ βάρκα γεμάτη νεαρὲς κολυμβήτριες περνάει.
Φωνάζουν. Χαιρετοῦν. Στὸ δρόμο τῆς ακρογιαλιᾶς,
ποὺ ἀχνίζει ἀπ' τὴ ζέστη, περνάει ἕνα μεγάλο μαῦρο
σκυλί (μήπως ἐκεῖνο;) κρατώντας ἀνάμεσα στὰ δόντια
του ἕνα καλάθι μὲ πολύχρωμους καρπούς. Κοιτάζει
ἀόριστα, σὰν τυφλό, πρὸς τὸ παράθυρο. Ἕνας ὡραῖος,
ἡλιοκαμένος κολυμβητής, περνώντας πλάϊ του, τοῦ δίνει
μιὰ κλωτσιὰ στὴν κοιλιὰ μὲ τὸ γυμνό του πόδι. Ἡ κόρη, στὸ
παράθυρο, γέλασε. Τὸ σκυλί συνέχισε τὸ δρόμο του. Ἡ
νέα γύρισε μέσα. Χτύπησε τὸ κουδούνι. Ἕνας ὑπηρέτης,
μὲ ριγωτὸ γκριζόμαυρο παντελόνι, πολὺ ἐφαρμοστὸ
(ἴσως ἐκεῖνο τοῦ θείου της), παρουσιάστηκε στὴν πόρτα.
«Νὰ ἑτοιμαστεῖ τὸ τραπέζι», τοῦ εἶπε. Ἐκεῖνος ἔφυγε. Οἱ
δυὸ φίλες ἄνοιξαν τὴν μπαλκονόπορτα καὶ τ' ἄλλα δυὸ
παράθυρα. Τὸ δωμάτιο πλημμύρισε φῶς. Μοσκοβολᾶνε
τὰ λουλούδια στὰ καλάθια. Ἀκούγονται πιὸ δυνατὲς οἱ
φωνὲς ἀπ' τὴ θάλασσα, ἀνάμιχτες μὲ τοὺς χτύπους ἀπ'
τὰ πιάτα καὶ τὰ μαχαιροπίρουνα κάτω στὴν τραπεζαρία.
Τὸ νοτισμένο μαντίλι μένει στὸ πάτωμα σὰν ἕνα μικρό,

Esta luz me perfora con millares de agujas,
me ciega los ojos. No la soporto. Corre, te digo, las
     cortinas.

(Su amiga se levanta para correr las cortinas. Pero ella
salta rápidamente del sofá. El pañuelo mojado cae al
suelo. Dos pasos le han bastado para llegar hasta la
ventana. Coge el cordón. Se detiene ahí, con el brazo
alzado. Y, de improviso, abre las contraventanas de
par en par. Permanece así, en la luz enceguecedora,
como una estatua que poco a poco cobra vida. Mue-
ve la mano. Hace una seña hacia el exterior. Pasa una
barca llena de jóvenes nadadoras. Gritan. Saludan.
Por el sendero de la playa, que de tanto calor humea,
pasa un perro negro, grande, (¿será aquél?) llevan-
do entre las fauces un cesto con frutas de diversos
colores. Mira con imprecisión, como si fuera ciego,
en dirección a la ventana. Un bronceado y apuesto
nadador, al pasar junto a él, le asesta una patada en
la barriga con el pie descalzo. La joven en la ventana
ríe. El perro sigue su camino. La joven se mete. Suena
el timbre. Un sirviente, con un pantalón muy ceñi-
do, a rayas grises y negras—quizá sea el de su tío—,
aparece en la puerta. «Prepare la mesa», le dice. Él
sale. Las dos amigas abren la puerta del balcón y las
otras dos ventanas. La habitación se inunda de luz.
Las flores de la cesta emanan su aroma. Se oyen más
fuertes los gritos que vienen del mar, mezclados con
el ruido de platos y cubiertos abajo en el comedor.
El pañuelo mojado permanece en el suelo como un

πονηρό, ἄσπρο πουλί, ἤμερο τάχα καὶ ὑπάκουο. Λίγο-
λίγο στεγνώνει κι ἀχνίζει).

Αθήνα, Ελευσίνα, Διμηνιό, Σάμος,
Δεκέμβρης 1965–Δεκέμβρης 1970

pequeño y pícaro pájaro, quizá domesticado y dócil.
Poco a poco se seca y humea).

Atenas, Eleusis, Diminió, Samos,
diciembre de 1965-diciembre de 1970

ESTA EDICIÓN, PRIMERA,
DE «PERSÉFONE», DE YANNIS RITSOS,
SE TERMINÓ DE IMPRIMIR EN
CAPELLADES EN EL
MES DE MAYO
DEL AÑO
2025

Colección El Acantilado
Últimos títulos